KB119501

당신이 있어,

내 우주는 더욱 빛났습니다.

부디,

이 그림이

마법처럼 마음에 닿아주기를…

내 우주는
온──통
너 였 어

명민호
글·그림

# 내 우주는
# 온——통
# 너 였 어

마음이 쏟아지던
그 날 의 밤,
우 리 의
반짝이는 이야기

위즈덤하우스

## 저의 우주로 초대합니다

오늘 하루도 익숙한 하루입니다.
늘 반복적인 일상인 것만 같습니다.
모두들 어떤 하루를 보내고 있나요?

누군가에게는 힘들고 아픈 하루였을 것이고
누군가에게는 기분 좋고 행복한 하루였을 겁니다.
이렇듯 한 사람 한 사람이 우주처럼,
우주 속 수많은 별들처럼,
각기 다른 하루를 품고 살아갑니다.

저는 요즘 이런 생각을 자주 합니다.
"한 사람을 아는 건, 하나의 우주를 아는 것과 같다."고요.
이 책 속에는 저의 우주가 고스란히 담겨 있습니다.

고민으로 잠 못 들던 새벽의 짙푸르던 순간,
사랑하는 연인과 나누던 소중한 순간,
가족과의 다정한 한때를 담은 뭉클한 순간까지도…
모든 반짝이는 순간들을 이 책 속에 담았습니다.


당신을 저의 우주로 초대합니다.
문득 위로가 필요한 날,
누군가에게
가만히 기대고 싶은 기분이 들 때면
주저 말고 이곳으로 오세요.


당신의 모든 순간에, 모든 감정에,
그 곁에, 제가 있겠습니다.
당신이 있어 제 우주는 더욱더 빛이 났습니다.
고맙습니다.


밤하늘에 쏟아지는 별을 그리며
명민호 드림

내 우주는
온——통
너 였어

contents

프롤로그 저의 우주로 초대합니다 6

# PART 1

내가 얼마나 소중한지
잊고 지냈던 날들에게

## ○ 네가 있어, 온 우주가 반짝 빛났기에 /

흔들리는 전철 속에서 15 · 여유를 갖기를 16 · 우리의 일상 19 · 매듭 20
너와 나의 온도 22 · 너에게 하고 싶은 말 25 · 너라면 그 어떤 일도 27
너라는 위로 28 · 비가 내리던 날 30 · 오늘 하루도 고생 많았어 33
빨리 따뜻한 주말이 오기를… 34 · 행복해♥ 36 · 추위보다 중요한 것 38
단 하나의 소원 41 · 연꽃의 꽃말 42 · 진짜 멋진 것 44 · 평온한 오후 46
첫 도전 49 · 방울방울 설거지 시간 50 · 우리 집 개구쟁이 52 · 지친 하루
끝의 선물 55 · 프러포즈 하던 날 57 · 언젠가 우리가 나이가 든다 해도 58
청소청소 61 · 특별한 날이 아니어도 62 · 이불 밖은 위험해 64 · 월요일
아침 66 · 너와 나의 첫 겨울 69 · 반가워 새해야 71 · 두 손 꼭 잡고 73
나 예뻐? 74 · 가을이 오면 77 · 상쾌한 산책 78 · 같이 가자, 집까지 81
네 생각 82 · 귀엽다고 85 · 여름 어느 날 86 · 문득 89 · 우리만의 영화관 90
너와 함께하는 휴식 92

# PART 2

오늘도 뒤척이다
질푸른 새벽을 맞이했다면

○ 이 그림이 마법처럼 마음에 닿아주기를 ✎

잠들 수 없던 새벽 97 · 오늘도 모니터 앞에서 99 · 다 알아 101 · 다시 새로운 시작 102 · 피곤피곤 104 · 너에게 듣고 싶은 말 106 · 어느 날의 낮잠 109 · 첫 고백 110 · 저 별 112 · 적당한 오후 115 · 겨울의 장점 116 빨간불 118 · 두근두근 120 · 신혼부부야? 122 · 반가움 124 · 그대만 보여요 127 · 어쩐지 어색해 128 · 눈을 감으면 네가 보여 131 · 나만 아는 사실 133 · 신의 장난 134 · 떨렸다 136 · 늘 익숙한 거리 139 주말 오후 140 · 첫 여행 142 · 너랑 아니면 144 · 너와 함께 첨벙 첨벙 146 · 두 번째 여행 148 · 오늘의 다짐 151 · 나의 꿈 153 · 어디 서든 피어나는 무지개 154 · 봄봄봄 157 · 내기할래? 158 · 배려하는 자세 160 · 너의 눈빛 163 · 나 뭐 바뀐 거 없어? 164 · 궁금해 166 손 놓지 않을 거야 169 · 밤바다 170 · 온 세상이 멈춰버린 순간 173 따스하고도 차가운 밤 174 · 가지 마 177 · 사랑 178 · 꽃 선물 180 메리 크리스마스 182 · 오늘 하루도 185 · 들켰다 186

# PART 3

세상 속에서
문득 혼자라 느껴질 때면

○ 모든 시간의 끝까지 곁에 있어줄 테니 ╱

혼자였던 날 191 · 퇴근길 192 · 가로등 그늘 아래 195 · 시간을 멈추는 방법 196 · 네가 좋은 만큼 때론 두려워져 199 · 그때가 생각나 200 그럴 때가 있어 202 · 외로움을 이겨내는 법 205 · 혼자만의 시간 207 반짝이는 기억 208 · 엄마의 따뜻한 밥 210 · 마음 한구석 213 · 엄마 215 사랑해 216 · 가족사진 218 · 배려 221 · 이 녀석 222 · 가위, 바위, 보 225 비눗방울 놀이 226 · 그날 229 · 언제 오는 겨? 231 · 보고 싶다 232 가만히 생각을 234 · 꼭 잡어유 237 · 함께 가는 길 239

비하인드 스토리  일러스트레이터 명민호 인터뷰 243

내가 얼마나 소중한지
잊고 지냈던 날들에게

# PART 1

네가 있어,
온 우주가
반 ── 짝
빛 났 기 에

ㅇ

흔들리는
전철 속에서

╱

오늘도 아침 일찍부터
많은 사람들 사이에서 시달린 너….
정말 고생 많았어. 그리고 잘했어.

네 하루의 시작을
진심으로 응원할게.

o

여
유
를

갖
기
를

ㅣ

잠깐이라도 지금 하던 일을
잠시 멈추고 내려놓아 보아요.

그럼
다른 것이
보일 거예요.

○

우리의
일상

|

추운 겨울, 네 손을 꼬옥 잡고
주머니에 넣어 함께 걷던 밤길,

어둡고 조용한 골목길을
가로등과 우리의 발길만이 환하게 비추고 있었어.

모든 것이 완벽해서
　　　밤하늘의 달빛마저
　　　눈부시게 아름답다 느껴지던 순간.

가장 평범하지만, 가장 소중한 일상의 시간이야.
너와 함께하는 모든 순간이.

○

매

듭

ㅣ

신발 끈이 풀렸다.
혹시나 넘어질까 봐
풀려버린 너의 신발 끈을 황급히 매듭지었다.

걱정하는 내 마음이 닿은 걸까.
나를 사랑스럽게 바라보던 너의 눈빛이
걱정 가득한 마음을 매듭지어주었다.

단순하고 짧은 순간이었지만,
너와 나의 마음을
하나로 묶는 순간이었다.

ㅇ

너
와
나
의

온
도

/

조금씩 조금씩 너의 온도가 들려온다.
뜨겁지도 않고 그렇게 차갑지도 않은
너와 나의 적당한 온도.

오직 나만이
느낄 수 있는
온도.

○

## 너에게 하고 싶은 말 ⁄

혼자일 때의 행복도 소중하고 좋지만,
나만으로는 채워지지 않는 행복들도
매우 소중하다는 것을 비로소 깨닫게 되었어.

이제는 나 혼자만의 방식이 아닌,
너와 함께 두 손 잡고 걸어가고 싶어.

우리
함께
걸을 수 있을까?

## 너라면    그 어떤 일도

앞으로 잠들 수 없는 밤과
깊은 고민이 우리에게 수없이 찾아올 거야.

하지만 어떤 어려움과 시련이 닥친다고 해도
너라면 이겨낼 수 있을 거야.

내가 항상 네 등 뒤에 있을 테니까,
그러니까 힘내.

결국엔 모든 게 다 지나가고,
미소 지을 네 곁에
내가 있을 테니까.

o

## 너라는
## 위로

／


입속에 꽃 내음이 퍼진다.
꽃봉오리 피듯 피어난


너의 이름.

o

비가 내리던 날

/

늦은 밤, 네가 걱정되어
무작정 우산을 들고 마중 나가 기다리던 날.
저 멀리부터 환하게 웃으며 뛰어와
나를 꼬옥 안아주며 해맑게 바라보던 너.
걱정했던 내 마음까지 포근히 안아주는 듯했어.


어두운 밤,
밝게 빛나던 너의 모습이
아직도 아른거려.

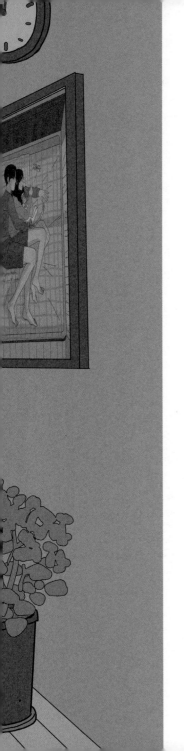

。 오늘 하루도
　고생 많았어 ╱

"많이 힘들지?
　오늘 하루도 고생 많았어."

이 말 한마디가
이토록 힘이 된다는 것을
너를 만나며
처음 알게 되었어.

오늘 하루도 고마워.
그리고 정말 고생했어.

o

빨리
따뜻한 주말이
오기를…

너와 함께
이렇게
매일 잠들고 싶으니까.

# 행복해 ♥

너는 네가 얼마나
아름다운 사람인지 모를 거야.

너와 있으면
내가 더 나은 사람이 된 것 같은
기분이 들어.

지금처럼 평범하지만 소소하게
그렇게 항상 너와 지내고 싶어.
평생 함께 있어줄래?

°

추
위
보다        중요한 것

|

"이거라도 덮어."
"아냐 괜찮아, 하나도 안 추워."
"아냐, 그래도 이건 양보 못 해!"

내 추위보다 더 중요한 건 너였다.

# 단 하나의

## 소
## 원

펑! 펑! 화려한 불꽃이 터졌다.
불꽃은 어둠이 내린 밤하늘과 온 세상을
환하게 비추고 있었다.
밝고 아름답게 터지는 불꽃보다
내게 기대어 가만히 바라보는 너의 옆모습에
내 심장도 함께 펑! 펑! 뛰고 있었다.

아름다웠다. 저 예쁘고 아름다운 불꽃보다도,
너의 모습이 더 아름다웠다.

난 이렇게 예쁜 불꽃이 멈추지 않길
빌고 또 빌었다.

○

연
꽃
의

꽃말

╱

"당신은 참 아름답습니다."

그러니 세상 어떤 일에도

지지 말았으면 해.

그러기엔 네가 너무 소중하니까.

ㅇ

진짜　　멋진 것　　／

"우와 멋지다!"
"맞아, 오늘따라 더 멋져 보이네."

"!!!"

그 어떤 풍경보다
내 눈에 멋져 보였던 건
바로 네 모습이었어.

o

# 평온한    오후

소곤소곤, 조근조근…

창밖에서 포근한 햇살이
쏟아져 들어오며 다정히 말을 건다.

명랑한 고양이도
달콤한 케이크도
따뜻한 커피 한잔도
책도 음악도 모두 좋지만

무엇보다 소중한 건
너와 함께하는
평온한 오후.

ㅇ

첫
도전

／

오늘따라 피곤해보이는 너….

처음으로 너를 위해
맛있는 요리에 도전!

서투르게 재료를 자르고 볶아서
긴장된 마음으로 음식을 건네주던 순간.

"와아! 진짜 맛있어!!"
"정말?"

성공이다.

○

방울
방울

설거지 시간

/

"내가 할래!"
"아냐, 내가 할게!"

너와 함께라서
세상에서 제일 즐거운
설거지 시간.

ㅇ

우리 집　　　개구
　　　　　　쟁이

╱

우연히 신림의 '도림천'에서 내게 온 고양이 '도림이.'
강아지처럼 애교가 많고 장난기도 매우 많은 고양이다.

도림이는 어떤 아주머니의 부탁으로
얼떨결에 나와 가족이 되었다.
우리 집 개구쟁이는 이렇게 해서 두 명이다.

너와 도림이, 이렇게, 둘.

○

# 지친 하루 끝의
# 선물

/

"오늘 하루도 예뻐해주고 사랑해줘서 고마워.
지금처럼 늘 변치 않고 곁에서 사랑해줄게."

아기 천사처럼 미소를 띠며 잠든
네 모습을 볼 때면
나도 모르게 분홍기 가득한 너의 볼에
입술을 맞추게 돼.

지친 하루를 마무리하는
가장 행복한 시간,
잘 자.

○

# 프러포즈
# 하던 날

—


용기를 내어
드디어 너에게 프러포즈!


"내 하루는 온통 너야.
앞으로 영원히."

ㅇ

언젠가 우리가
나이가 든다 해도

╱

나이가 들어

주름이 생겨도

백발의 노인이 된다 해도

지금의 마음은 변치 않을 거야.

약속할게.

## 청소
## 청소

생각이 많은 요즘.
잠시 서로의 생각을 청소해보자.

너와 함께라면
　　어떤 일도
　　　힘들지 않아!

○

특별한
날이

아니어도

╱

굳이 특별한 날이 아니어도
이렇게 너와 함께하는 것만으로도
이미 특별한걸!

이불
밖은

위
험
해

이불 속은 언제나
따뜻따뜻해.

이불 밖은 위험하니까
우리 그냥 이렇게 있자.

봐, 빗소리까지 너무 좋잖아.

ㅇ

# 월요일 아침

—

아무 생각이 없다.
왜냐하면 아무 생각이 없기 때문이다.


지난 주말에 대한 미련과
다크서클만이 가득한


어느 월요일 아침.

ㅇ

너와 나의

첫

겨

울

/


따뜻했다.
새하얀 눈이 차갑게 다가왔지만
너의 입술은 따뜻했다.


머릿속은 순간 새하얀 눈처럼 하얘졌고
세상도 온통 새하얗게 덮여 있었다.


너와 나의 첫 겨울이었다.

ㅇ

# 반 가 워
# 새 해 야

—


반가워 새해야!

올해도 반가워!

잘 부탁해!!

ㅇ 두
손
꼭   잡고

/

두 손을 꼭 잡고 집에 가던 길.
핸드폰도 한번 들여다보지 않고
걸어서 집에 가자던 날.
항상 같이 가던 길도 새롭고
모든 것이 뜻깊게 느껴지던 순간이었어.
너와 두 손 잡고 걷던 날.

。

나

예뻐?

╱

가을바람에 갈대가 조용히 살랑였다.
햇빛은 따뜻하게 내리쬐고 있었고
그런 햇빛 사이로 너의 모습이 보였다.
귀여운 미소로 환하게 웃으며 나를 바라보던 너.

"나 예뻐?"
"응, 지금 보이는 무엇보다도 제일 예뻐."

。

# 가을이
# 오면

╱

풀밭에 누워
너와 같은 곳을
바라볼 거야.

○

# 상쾌한 산책

—

나무의 향기가 물씬 다가왔다.
시원시원한 숲의 공기가 상쾌하게 다가왔다.
나뭇잎들은 서서히 노랗게 물들어갔고
햇빛마저 다정한 온도로 물들어갔다.


완벽한 날씨였지만 팔짱을 끼며
나를 사랑스럽게 바라보던 너의 모습이
더욱 완벽한 순간을 만들어내고 있었다.


너와 함께라서 다행이다.

○

# 같이 가자, 집까지

/

추운 겨울날,

따뜻한 호떡을
사이좋게 나누어 먹으며
우리들만의 집으로 돌아가는 길.

무엇이 더 필요하겠어.

。

네

생각    ╱

아침에 일어나
잠들기 전까지
온통
네 생각뿐이야.

내 우주는
온통
너니까.

○

## 귀엽다고

—


"귀여워!!"
"그러게 너무 귀엽다!"


"그치."
"응, 너 정말 귀여워."


"!!!"

o

# 여름
# 어느 날

때마침 내리기 시작한 소나기에
주변 풍경이 완전히 바뀌었다.


은은하게 풍겨오는 흙 내음,
나뭇잎을 두드리는 시원한 빗소리,
살랑살랑 움직이며 청량하게 울려퍼지던 풍경 소리까지.

낡은 선풍기가 돌아가는 소리마저 평화롭게 들리던
비 내리는 어느 날.

빗소리에 끌려 문득 창밖을 바라보았다.

쉴 새 없이 내리는 비는

마치 보란 듯이 창문을 두드리고 있었다.

멍하니 바라보다 문득 한 사람이 떠올랐다.

비 오는 날이면 함께 누워 빗소리를 듣고 좋아하던 너.


얼른 보고 싶다.

○

# 우리만의
# 영화관

╱

작은 모니터 앞이지만

너와 함께라면

영화관 못지않으니까.

# 너와
# 함께하는
# 휴식

별다른 일을 하지 않아도
그저 같이 하루의 일상을
나누고 공감하는 것만으로도

이미 완벽한
　　휴식의 순간이야.

오늘도 뒤척이다
짙푸른 새벽을 맞이했다면

# PART 2

이 그림이
마법처럼
마음에
닿——아
주기를

ㅇ

잠들 수
없던

새벽

／

기분 탓일까, 왠지 모르게 잠이 오지 않아….
이유 없이 자꾸만 몰려드는 불안함과 걱정 때문일까.
잠들 수 없는 새벽이다.

오
늘
도

모니터
앞에서

／

오늘도 어김없이 저녁까지 해야 할 일이 가득.
몸도 마음도 자꾸만 지치는 기분이다.

그럼에도 아무것도 아닌 순간은 없으니까….
'지금의 1분, 1초가 허사는 아닐 거야.'

긍정적인 생각으로 애써 마음을
다잡아보는 어느 저녁.

o

# 다 알아

—

내 곁에서 말없이 지켜보고 있다는 거.
내가 지금까지 속 썩이고 못되게 군 거,

전부 다 용서해줄 거지?

오늘따라 많이 보고 싶네,
엄마….

## 다시 새로운 시작

/

또다시 새로운 한 해가 찾아왔다.
언제 이렇게 시간이 흘렀는지….
새 달력을 넘기며
새해를 실감하는 시간.

피곤
피곤

피곤피곤 열매를 먹은 것 같다.
하지만 어쩐지 잠이 오지 않아.

이럴 때 네가 곁에 있다면….

○

# 너에게
# 듣고 싶은 말

위로해줘...

# 어느 날의　낮잠

있잖아,

우리만의 공간에서
같이 포개어져 잠들었을 뿐인데.

어쩜 이렇게 달콤할 수 있을까?
너와 함께하는 모든 일상이 마법 같아.

○

# 첫

## 고

## 백

|

한창 더위가 무르익던 뜨거운 여름 밤하늘 아래,
너와 단둘이 있던 놀이터에서
수줍게 마음을 고백했던 날.

내 마음을 받아주었던 그날 너의 모습이
아직도 머릿속에 생생히 떠올라.

그때부터 지금까지
매일매일 네가 더 좋아져.

ㅇ

저

별

╱

가끔 그런 생각을 해.
우주 속 저 수많은 별들은
우리들의 추억이 담겨 생겨나는 건 아닐까, 하고.

저 수많은 별들 중
너와 나의 추억이 담긴 별은
어떤 별일까?

○

# 적당한
## 오후

—


눈 내리는 날 너와 함께 예쁜 카페의 창가에 앉아
따뜻한 아메리카노와 달콤한 케이크를 먹으며
네가 좋아하는 추리소설을 같이 읽고 싶어.


우리에게 필요한 건
적당한 온도와 아메리카노.
그리고 책 한 권.


그거면 충분해.

○ 겨울의 장점 ╱

"많이 춥지?"

"아니, 딱 좋아."

○

## 빨간불 —

신호등에 빨간불이 들어왔다.
우리는 잠시 신호를 기다리며
두 손을 꼬옥 잡고 서로를 바라보았다.

서로의 마음을 들키기라도 한 듯
우리 볼은 신호등의 빨간불처럼 빨개졌고,
꽉 잡은 손마저 뜨겁게 달아올랐다.

뜨겁게 달아오른 우리들의 모습이 부러운 듯
나뭇잎마저 빨갛게 물들었다.

짧은 순간이었지만
모든 세상이
사랑스럽게 멈춘 것 같았다.

두근
두근

누군가 그랬다.
사랑은 사소한 것에서 시작되어
쌓이고 쌓여서
커지는 거라고.

O

신혼부부야?

/

"아주머니 이거 주세요!"
"아이고 둘이 예쁘네! 신혼부부야?"

"네?"
"네! 맞아요."

장 보던 어느 날.

ㅇ

반
가
움

／

"너무 보고 싶었어."
"나도 너무 보고 싶었어."


기다리고 기다리던 너.
그리고 첫눈.

○

## 그대만
## 보여요

|

예쁜 눈을 마주칠 때면

혹여나 너를 좋아하는 내 마음을 들킬까 봐

여전히 나는 부끄러워 시선을 피하곤 해.


그런 내 모습마저도 항상 귀엽게 쳐다보는 너의 모습에

오늘도 나의 얼굴은 빨갛게 물들어 있어.


너와

눈이

마주친 순간.

ㅇ
어쩐지
어색해  /

하나, 둘, 셋!
찰칵!

역시 사진 찍는 것은 어색해.
어색한 것도 닮은 우리.

ㅇ

눈을 감으면
네가 보여

|

매일매일
모든 순간
네가 보고 싶어.

혹시 너도 그러니?

○

# 나만
# 아는

# 사실

|

내 어깨에 곤히 잠든 네 모습을 볼 때면
나도 모르게 기분이 좋아져.
혹여나 네가 깰까 봐 오늘도 조심스레

너의 모습을
눈에 담아봐.

o  신의

　　　장난

　　　／


모든 게 완벽했던 너와의 세 번째 데이트 날.
서로의 마음이 통한 걸까.


가로등 불빛이 깜빡깜빡 신호를 내고 있었어.
마치 영화 속 한 장면처럼.
"잘하고 있어. 이건 운명이야." 하고.


신을 믿지 않았지만 이날만큼은
신이 존재한다는 생각이 들었지.
이상한 날이었어.

ㅇ

# 떨렸다

|

떨렸다.

창밖에 빗소리가 부딪혀 나는 떨림도

음악 소리가 귓가에 부딪혀 느껴지는 떨림도 아니었다.


그동안

익숙함에 잊고 있던 가슴속 심장이

뜨겁게

떨리고 있었다.

늘

익숙한
거리

|

직장 근처의 길들이라
우리에겐 너무나 익숙한 거리.

언제까지나
　　　너와 손잡고
　　　나란히 걷고 싶어.

o

주말
오후

/

햇살이 잔잔하게
내리쬐는 거실에서
너와 함께.

이런
주말의 오후를 원했어,
간절하게.

o

# 첫 여행 ／

한두 시간 자며 열심히 돌아다녔던 첫 여행.
많이 힘들고 피곤했을 텐데 내색하지 않고
즐거워하며 행복해했던 너.

다음엔 더 좋은 곳에
같이 가자 : )

o   너랑

아니면   /


오늘은 이렇게 꼭 껴안고 껌딱지처럼 붙어 있을래.
너랑 같이 책도 읽고 영화도 보고 게임도 하고
그렇게 하루 종일 붙어 있을래.


너만 있으면 돼.
네가 없으면 어떤 일도 의미가 없어.

○

## 너와 함께

**첨벙**
**첨벙**

╱


날씨가 무더운 여름.


바다가 보고 싶다던 너의 말에
손을 꼭 잡고 단숨에 날아가
첨벙첨벙 시원한 바닷물에 발을 담가봐.


너와 함께
첨벙첨벙.

。

두 번째
여행

／

날씨가 무척이나 습하고 더웠던 곳, 홍콩!


거리, 풍경, 음식, 사람들…
모두 너와 함께라서 예쁘고 좋았어.


더운 날씨에도 항상 상냥하게
나 먼저 걱정해줘서,


고마워.

○

오늘의
다짐

—


"언제나 늘 지금처럼 예쁘게 사랑하자!"


지금처럼 늘 그렇듯

모든 순간을 너와 함께하고 싶어.

아프지 말고 우리 건강하게 오래오래 사랑하자.

○

## 나의 꿈

／


있잖아, 나 꿈이 생겼어.


너와 이렇게 두 손 꼭 잡고
무슨 일이 있어도 이렇게 평화롭게 걷고 싶어.

○
어디서든
피어나는
무지개

╱


"무지개가 피어났으면 좋겠다, 어디에든."
하는 너의 말에 마음이 무척이나 애틋해졌어.


너를 위해 내 마음을 담은 무지개를 그려주었던 날.
너는 그림을 보고, 내 마음을 읽고
무척이나 좋아하고 기뻐했었지.


그런 너를 보며 결심했어.
언제 어디서든
항상 곁에서 바라봐주는
예쁜 무지개가 되어주기로.

## ○ 봄봄봄 ╱

봄 햇살이 가득했고
봄 바람이 적당히 불어왔어.
봄 향기가 가득했지.

벚꽃마저 사르르 조용히 다가오던 날.

다가오는 벚꽃 사이로 바라본
너의 잠든 모습은 따뜻한 봄 같았어.

## ○ 내기할래? ╱

"우리 내기할래?"

"무슨 내기?"

"저 63빌딩까지 누가 먼저 도착하나 내기할래?"

"좋아! 이기는 사람은?"

"뽀뽀해주기?"

"싫어!"

"그럼?"

"비밀!"

"뭐야!"

"키스해주기 :)"

ㅇ

배
려
하
는

자세

—

사소한 것 하나하나도
서로 배려하고 존중하고 있다는 사실과
우리가 함께하고 있는 지금에

오 늘 도   고 맙 고   감 사 해 .

。
너
의

눈빛

／

"나 얼마나 좋아?"

"말로 표현할 수 없을 정도로 좋아."

나 뭐
바뀐 거 없어?

○

## 궁금해

|

"나 얼마나 좋아?"

나의 마음을 확인하려는
귀엽고 사랑스러운
너의 눈빛.

손 놓지
않을 거야

여행을 가면 서로 익숙하지 않고
많이 낯선 곳이기 때문에

의지할 수 있는 사람이
너와 나밖에 없다는 사실에

더욱 의지하게 되고 서로 힘이 되는 것 같아.
그러니깐 이 손 놓지 않을 거야.

○

# 밤바다

/

그런 날 있잖아,
바다가 보고 싶은 날.

너와 함께 손잡고
뻥 뚫린 바다도 보고 파도 소리도 들으며

아무 생각없이 걷고 싶어.
우리 바다 보러 갈래?

o

# 온 세상이 멈춰버린 순간

/

심장이 쿵 했다.

순간 공기의 흐름이 멈추었고,
흩날리던 갈대마저 조용히 숨죽이며 멈추었다.
지구의 자전이 멈추기라도 한 듯,
모든 세상이 멈춰 있었다.

미친 듯이 요동치는
심장 소리만이 들릴 뿐이었다.

o

# 따스하고도

차
가
운

밤

／



춥지 않아?


너와 체온을 나누는 이 순간이 소중해서
조금은 쌀쌀한 이 날씨가 고마워지는 순간이야.


이렇게 늘 너의 곁에 있어줄게.

ㅇ

## 가지 마

—


"조심히 가….."
"응, 너도 조심히 가….."


'가지 마.'


헤어짐은
왜 이리 아쉬운 걸까.
늘 익숙하지 않다.

o

## 사랑

|


꾸준히 줘도줘도 자꾸 주고 싶은 것.


하지만 너무 과하면
결국 서로에게 상처가 될 수 있는 것.


사랑.

꽃
선물

/

누군가에게 꽃을 선물하는 것은
정말 특별하고 의미 있는 일이 아닐까?


그 사람을 떠올리며
예쁜 꽃을 고르고 전달하기까지
모든 순간들이
그 사람을 향해 있으니까.

○

메리 크리스마스

—

"메리 크리스마스!"
"사랑해."

○

오늘
하루도

╱

아침부터 지금까지
많이 바빴지?

무사히 내 곁에
돌아와줘서

정말 고마워.

ㅇ

들켰다

╱


한순간이었다.

너를 처음 본 순간부터 느꼈던 설렘과
널 향한 마음을 담은 편지가
너에게 들킨 날이었다.


그렇게 그날이
너와 나의
1일이었다.

세상 속에서
문득 혼자라 느껴질 때면

# PART 3

모　　　든
시　간　의
끝　까　지
곁──에
있어줄 테니

o

혼자였던
날

ㅣ

하늘에 구멍이라도 난 걸까.
쉼 없이 떨어지는 빗방울은
그칠 줄 모른다.

똑
똑
똑

떨어지는 빗방울처럼
나도 혼자였다.

о

# 퇴
# 근
# 길

／

오늘 하루가 어땠는지 물어보지 않을게.
무사히 퇴근해줘서 고마워.


오늘 하루도
고생 많았어.

○

# 가로등

## 그늘
## 아래

/

오늘도 지친 몸을 이끌고 집으로 향하던 길.
가로등 불빛 아래 내 그림자를 보며 하염없이 초라해졌다.

나는 지금 어디로 가는 걸까?
잘하고 있는 걸까?

나를 위로해주는 건
가로등 그늘 아래 비친
내 그림자뿐이었다.

○

# 시간을

## 멈추는
## 방법

/

모처럼 여유로운 주말,
이 여유를 즐기고 싶은 찰나에
벌써 해가 저물어가고 있었다.

이대로 시간이 멈추기 바라며
시계 속 건전지를 뽑았다.

쉬는 날만큼은
시간이 멈췄으면….

○

네가 좋은 만큼
때론 두려워져
—


넌 지금 뭘 하고 있을까?


너의 하루가,
　　네 모든 것이 궁금하지만


네가 좋은 만큼
　　때론 두려워져.


너의 하루 속에
　　내가 없을까 봐.

ㅇ

# 그때가
##         생각나   −


그거 알아?
한낮에서 오후가 되어갈 무렵,

해가 지기 직전의
한 오후 5시 무렵의
          오렌지빛 풍경을.


너를 볼 때면 그때가 생각나.
그때의 예쁜 빛깔을 네게 전해주고 싶어서.

○

## 그럴
## 때가 있어 ╱

아무리 애를 써도
더 나아질 것 같지 않을 때.

더 이상 뭘 어떻게 해야 할지
눈앞의 길이 보이지 않고
한없이 막막해지기만 할 때.

그럴 땐 가만히 마음의 소리에 귀를 기울여봐.

지금껏 열심히 해온 너를,
내가 알아.

이제 그만 놓아주자, 그 절망감.
보내주자, 그 상처.

# 외로움을
# 이겨내는 법

외로움을 없애는 법은 모르지만
외로움을 즐기는 법은 알아!

그동안 미뤄뒀던
음악을 듣거나.
영화를 보거나,
책을 읽어보면 어때?

한번 해봐.
생각보다 훨씬
즐거울걸?

o

# 혼자만의
# 시간

/

가끔은 혼자만의 시간이 필요한 것 같아.

지루하고 반복적인 일상생활을 벗어나
가끔은 혼자 아무도 없는 외딴곳에서
따뜻한 커피를 마시며 풍경을 바라보는 상상을 하곤 한다면,

그런 생각이 든다면
혼자만의 시간이 필요한 거야.

ㅇ

반짝이는
기억

—

어렸을 때 보았던 것.
지금은 찾아볼 수 없는 것.

○

# 엄마의
# 따뜻한

# 밥

／

"무슨 일이 있어도 항상, 아침밥은 잘 챙겨 먹어야 혀."

매일같이 이렇게 말씀하시던 엄마…

엄마의 따뜻한 밥이 그리운 요즘.

○

마음
한구석

—

"엄마 밥 먹었어?"

"그럼~ 여기 밥 맛나게 잘 나와!
너무 걱정하지 말어!
너는 밥 묵었어?"

엄마

나에게
너무나
당연했던 그 이름.

이름만 불러도
가슴 아픈 이름.

"엄마."

## ◦ 사랑해  ╱

지금 당장
사랑하는 사람에게 달려가
사랑한다고 말해봐요.


"사랑해."

○

# 가족
# 사진

／

"예쁘지요?"
"내 유일한 낙이에요!
이것 때문에 삽니다."

내 유일한

'희망.'

배려

—


지하철의 핑크색 자리.
임산부를 위해 비워두어야 할 곳.


모두 누군가의 소중한 딸, 언니, 누나, 아내
그리고 '엄마'일 텐데….


오늘 나의 작은 배려가
누군가에게는 큰 행복이 되지 않을까.


작은 배려가 큰 행복이 되는 것처럼
우리 모두가 행복한 세상을 만들어갔으면 좋겠다.

ㅇ

# 이 녀석

―

엄마, 아빠 말씀 잘 듣고
말썽 피우면 안 뎌.

그저 바르고
건강하게만 자라다오!

# 가위,
# 바위,
# 보

"가위, 바위, 보!"라는 소리와 함께
할아버지와 손녀가 가위, 바위, 보를 하고 있었다.


손녀를 보고 해맑게 웃으시는 할아버지와
장난기 가득한 소녀를 보며
지하철 안 사람들은 행복한 미소를 띠고 있었다.


답답하고 차갑기만 하던
지하철 안 풍경은
어느새,
밝고 따뜻한 색으로 물들어가고 있었다.

○

비눗
방울

놀이

—


여기서 제일 신난 건
　　할아버지도 손녀도 아닌
　　시바견이었다.

o

## 그
## 날
—


그날의 햇살,

그날의 온도,

그날의 향기,


어렴풋이 기억 속에 남아 있는 나의 할머니,


그날이 보고 싶다.

○

# 언제 오는 겨?

/

"언제 오는 겨?"
"아, 엄마 죄송해요,
일이 바빠서 이번에도 못 내려갈 것 같아요."

"그려? 어쩔 수 없지. 몸 건강 잘 챙기고
밥도 꼭 잘 챙겨 묵고 잘 지내야 혀."

"네, 알았어요. 너무 걱정하지 마시고
엄마도 밥 잘 챙겨 드시고 몸 건강하셔야 해요.
다음에는 꼭 내려갈게요!"

"그려~ 어여 들어가."

추석 어느 날.

○ 보고 싶다 ╱

## 가만히
## 생각을

꽃처럼 은은하고 아름다웠던 그날의 향기.
가만히 그대를 생각해봅니다.

먼저 떠나간 그대….

o

꽉

잡어유

/

"꽉 잡어유."

"걱정 말어유.

절대 놓치지 않을 테니께."

# 함께 가는 길

주름이 생겨도
백발의 노인이 되어도
너와 함께 가는 길은
늘 여전히 행복해.

사
랑
해.

『내 우주는 온통 너였어』

비하인드 스토리

# BEHIND STORY

# INTERVIEW

일러스트레이터
명민호

『내 우주는 온통 너였어』는 어떻게 탄생하게 되었나요?

『내 우주는 온통 너였어』는 저의 경험을 모티브로 한 연애 이야기라고 할까요. 연애하면서 느꼈던 감정과 감성을 담고 있어요. 또 제가 일상에서 느꼈던 생각도 함께 담았어요.

그라폴리오와 인스타그램에서 소개한 그림과 최초로 공개하는 새로운 그림들을 모아 책으로 엮었습니다. 그림이지만 만화처럼 스토리가 읽히게 담으려고 노력했어요.

작품의 스타일이 독특한데 어찌 보면 웹툰 같기도 하고요.
주로 어떤 도구를 이용해 그리시나요?

제 작품은 디지털 작업이기에 와콤 태블릿을 사용합니다.
드로잉은 클립 스튜디오, 채색은 포토샵 프로그램을 사용하
고 있어요. 때때로 연필을 이용해 드로잉하기도 해요. 디지
털 기기보다는 불편한 점도 있지만, 연필 흑심이 종이에 긁
히며 나는 손맛이 참 좋거든요.


그림을 그리게 된 계기가 궁금해요.

저는 어렸을 때부터 그림 그리는 걸 좋아했어요. 원하는 미
술대학까지 합격하였지만 집안 사정이 어려워져 그림과는
거리가 먼 기술대학에 진학했고요.

부모님의 손을 빌리고 싶지 않아 학교를 다니며 안 해본 일
이 없을 정도로 노력했어요. 그러다 문득 '죽기 전에 후회되
는 일이 있다면 무엇일까?' 하는 생각을 하게 되었고, 좋아
하는 그림을 그리며 살자고 결심했습니다.

그래서 무작정 학교를 그만두고, 돈을 모아 서울로 올라왔
어요. '열심히 하다 보면 누군가는 알아주겠지.'라는 각오로
매일매일 일하며 그림을 그렸습니다.

제가 평생 바라고 바라던 사람을 만나 사랑을 시작하게 된
순간부터 큰 관심을 가져주시는 것 같아요. 아무래도 사랑
을 하면서 제가 느꼈던 감정과 감성이 고스란히 그림에 담
기다 보니 공감되는 부분이 많아져서 그런 것 같아요.

매우 만족해요! 물론 시간 관리도 쉽지 않고, 금전적으로 정기적인 수입이 들어오는 게 아니라서 약간의 어려움은 있지만, 제가 하고 싶던 그림을 마음껏 그릴 수 있어서 너무 행복해요.

지금까지는 알콩달콩하고 애틋한 연애 스토리를 담은 그림들이 많은 사랑을 받았는데요. 사실 제 작품들 중에는 소외된 사람들을 따뜻한 마음으로 그려낸 것들이 꽤 있어요. 『내 우주는 온통 너였어』에도 그런 그림들이 실려 있는데, 저는 사람들이 무관심한 것들에 대해 앞으로도 꾸준히 그림을 그리고 싶어요.

『내 우주는 온통 너였어』에는 따뜻하고 달달한 연애 이야기도 있지만, 우리가 살아가는 세상의 다양한 색깔들 또한 담겨 있어요. 우리 모두는 매일매일 제각기 다른 하루를 보냅니다. 행복하고 따뜻한 하루를 보내는 날이 있는가 하면, 마음이 차갑게 무거워지는 하루도 있어요.

제가 그려낸 작은 그림 한 장 한 장들이 부디 독자 여러분의 행복한 시간을 더욱 행복하게 만들 수 있기를, 혹시 지치고 힘든 시간을 보내는 분들께는 다정한 위로가 되어줄 수 있기를 바라봅니다. 마음의 안식처처럼요.
마지막으로, 앞으로의 제 그림도 많이 기대해주세요.

## 내 우주는 온통 너였어

**초판 1쇄 발행** 2019년 2월 11일  **초판 9쇄 발행** 2024년 8월 30일

**지은이** 명민호
**펴낸이** 최순영

**출판1 본부장** 한수미
**와이즈 팀장** 장보라
**디자인** urbook

**펴낸곳** ㈜위즈덤하우스  **출판등록** 2000년 5월 23일 제13-1071호
**주소** 서울특별시 마포구 양화로 19 합정오피스빌딩 17층
**전화** 02) 2179-5600  **홈페이지** www.wisdomhouse.co.kr

ⓒ 명민호, 2019

ISBN 979-11-89709-70-9 03810

· 이 책의 전부 또는 일부 내용을 재사용하려면 반드시 사전에 저작권자와
  ㈜위즈덤하우스의 동의를 받아야 합니다.
· 인쇄·제작 및 유통상의 파본 도서는 구입하신 서점에서 바꿔드립니다.
· 책값은 뒤표지에 있습니다.